Sinn, Los!

Über die Autoren:

Rolf Dräther studierte Physik, wurde später Coach und Berater und segelte mit einem motorlosen Frachtsegler über den Atlantik. Beim Schreiben hält er es mit Dorothee Parker: „Ich hasse es zu schreiben, aber ich liebe es, geschrieben zu haben."

Peter Hemmerath genießt die Freiheit nichts mehr zu müssen, solange, bis nichts mehr geht. Schreiben war immer eine Idee von ihm, die jetzt erstmalig umgesetzt wurde.

Nils schreibt, liest und träumt Geschichten seit der Grundschule und wird erst aufhören, wenn das große Nichts ihn einmal fortreißt.

Kathleen Kühmel verdient ihr Geld seit vielen Jahren als Softwareentwicklerin. Davor studierte sie Erziehungswissenschaften. Seit sie mit 18 Jahren Hemingway gelesen hat, ist sie neugierig auf alles, was ihren Horizont erweitert.

Simon Sellner sucht kreative Herausforderungen und ist schreibfaul. Das hält ihn aber nicht davon ab ein Buch zu veröffentlichen.

Rolf Dräther, Peter Hemmerath, Nils,
Kathleen Kühmel, Simon Sellner

Sinn, Los!

Bibliografische Information der Deutschen Nationalbibliothek:
Die Deutsche Nationalbibliothek verzeichnet diese Publikation in der Deutschen Nationalbibliografie; detaillierte bibliografische Daten sind im Internet über http://dnb.dnb.de abrufbar.

© 2016 Peter Hemmerath

Illustration: Denis Loebner
Weitere Mitwirkende: Kathleen Kühmel, Rolf Dräther, Nils, Simon Sellner

Herstellung und Verlag: BoD – Books on Demand, Norderstedt

ISBN: 978-3- 7431-1570-5

Inhalt

Kathleen · Überlebt! 7
Nils · Bärenherz 9
Simon · Die Auserwählte 12
Rolf · Farbtherapie 15
Peter · Quastenflosser und Känguru 17
Kathleen · 1999 18
Nils · Herbstsonate 20
Simon · Der Besuch 22
Rolf · Kein Trinker 25
Peter · Die Herausforderung 27
Kathleen · Angekommen 29
Nils · Tennistagtraum 31
Simon · Geheime Botschaft 33
Rolf · Leben danach? 35
Peter · Der Buchkauf ein Hexenwerk 36
Kathleen · Zum Kuckuck 39
Simon · Mauern 41
Rolf · Rettungskommando 43
Peter · U-Bahn 45
Kathleen · Mathe 47
Peter · Leiser Tod 50
Kathleen · Test 123 56
Peter · Böse Überraschung 57
Rolf · Rodeo 58
Peter · Der Besuch auf dem Kiez 60
Peter · Fluss der Zeit 64
Peter · Hüttenzauber 65
Simon · Sinn, Los! 66

Kathleen · Überlebt!

Endlich Pause. Stundenlang ist Falco um die Alster gelaufen. Immer auf der Suche. Dabei pfiff der Wind so stark, dass das Wasser der Fontäne von der Seemitte bis zum Ufer spritzte. Er beobachtet das Schauspiel nun durch die großen Glasscheiben des Cafés. Eine Wohltat. Der Wind hat ihn nicht gestört, den spürte er nicht. Vielmehr ermüdete ihn die erfolglose Suche. Das passiert ihm manchmal. Etwas zu ahnen, Not zu spüren, ohne es herauszufinden. Ohne helfen zu können. Ein bisschen so, als ob er sich bei den Koordinaten eines Multicaches verrechnet hätte.

Er sitzt an einem runden, leeren Holztisch. Keine Tischdecke, nur der Zucker und die Speisekarte stehen darauf. Falco würde jetzt gern sagen: „Einen Kaffee, bitte!", doch der Kellner übersieht ihn. Deshalb lässt er sich auf die mit rotem Leder bezogene Bank sinken. Leise erklingt klassische Musik. Falco beobachtet die Frau an der Glasseite gegenüber. Sie trägt eine helle Jeans und einen dunkelblauen, fließenden Pulli. Schmunzelnd wickelt sie das kleine Täfelchen Schokolade aus dem roten Papier. Wie schön, denkt er, sie hat die Trauer überwunden. Damals hatte er sich zum Glück nicht „verrechnet". War für sie da, als sie nach dem Tod ihres Mannes das Gefühl hatte, nicht atmen zu können. Dass ihr Mann immer noch da ist, als ein Teil ihres Körpers. Im Bauch, im Herzen und in der Lunge steckt. Falco hat das Radioprogramm für sie manipuliert und sogar Blumen gepflanzt. Und vor einigen Wochen lag „zufällig" der

Roman ‚Lady Afrika' in der Bücherkiste neben ihrem Lieblingsplatz im Café ‚Mathilde'. In klitzekleinen Schritten wandte sie sich wieder der Sonne zu. Nahm wahr, dass etwas Großes, nicht Greifbares, für sie da ist. Dass sie nicht allein ist und loslassen darf.

Ein Holzstuhl scharrt auf dem Parkett. Oh, der Kellner! Hat es leider nicht bis zu ihm geschafft, sondern räumt den Nachbartisch auf. Scheinbar hat es den Touristen nicht geschmeckt. Aber vielleicht lag es auch an ihrem Streit, den Falco als azurblaue Eiskristalle zwischen ihnen wahrnehmen konnte. Erst hingen sie in der Luft, dann fielen sie auf den Tisch und zerbrachen. Beide haben nur in ihrem Kuchen gestochert. Der Kellner räumt das halbe Stück Eierlikörtorte und den angebissenen Apfelkuchen auf das Tablett. Falco schaut den Resten hinterher, bis der Kellner hinter der Küchentür verschwindet. Er stellt sich vor, wie der gelbe Teil der Torte in seinem Mund schmilzt, der Kakaoboden knuspert und sich die Energie des Zuckers und der Sahne wohlig im Bauch ausbreitet.

Falco würde gern etwas bestellen, doch der Kellner kommt nicht.
Er kann gar nicht kommen. Also können schon, aber er wird es nie tun, weil er Falco nicht sieht. Weil Menschen Engel nicht sehen können.

Nils · Bärenherz

Der Wecker klingelt. Karls Hand schießt unter der warmen Decke hervor, vollführt zwei ruckartige Schwenks in jeweils exakt neunzig Grad und trifft mit roboterhafter Präzision den Wecker, der wie immer im ersten Quadranten seines rechteckigen Nachttisches steht, diametral entgegen gesetzt zur Tischlampe, welche, natürlich, den dritten Quadranten besetzt.

Karl wischt mit der linken Hand über sein rechtes Ohr, dann mit der rechten Hand über das linke und weckt Sir Pommes, seinen Teddybären, indem er ihn zuneigungsvoll genau in der Mitte seines Kopfes zwischen den Ohren krault. Schnell schlüpft er in seine Kleidung, die er am Abend zuvor auf dem großen Ecktisch neben der Tür ausgebreitet hat – und zwar so, dass jedes Kleidungsstück in korrekter Relation zueinander diejenige Position einnimmt, die es auch am menschlichen Körper getragen einzunehmen hätte. Im zwielichtigen Schummer des Tagesanbruchs sieht das aus, als läge dort eine Kopie von Karls Körper, eine Art Astralleib, der nur in der kurzen Spanne zwischen dem Dunkel der Nacht und der Lichtfülle des Tages in der Dämmerung existieren konnte. Ein bisschen gruselig ist das manchmal, aber dann ist da Sir Pommes, dessen milder, wissender Teddyblick immer sehr schnell Trost spendet.

Der Frühstücksraum ist zum Glück nicht mehr so voll. Karl schaufelt zwei große Hände Fruit-Loops in eine Schüssel, gibt ein wenig lauwarme Milch hinzu und setzt sich in die hinterste Ecke des Raumes. Plötzlich tritt ein Namensschild an seinen Tisch. Schwester Charlotte. „Guten Morgen, Karl! Gut geschlafen?" Er fixiert das Namensschild, drückt Sir Pommes fester an seine Brust und spürt das kleine Bärenherz langsam und regelmäßig schlagen. Das beruhigt Karl so sehr, dass er lachen und sich dann schnell über seine Fruit-Loops hermachen kann. Als er wieder aufblickt, ist das Namensschild verschwunden.

Nach dem Frühstück steht ein Morgenspaziergang auf dem Plan. Fertig angezogen, Sir Pommes hat es sich in Karls Armbeuge sitzend bequem eingerichtet, wartet er darauf, dass der Minutenzeiger der Standuhr am Eingang endlich umspringt, damit er um zehn Uhr das Wohnheim verlassen kann.

Auf der Straße ist viel los! Lauter Krawatten und Blusen und Outdoorjacken laufen da herum! Karl wird es ein bisschen mulmig, doch Sir Pommes drückt mit seiner kleinen Teddybärentatze begütigend seinen Arm. Das gibt Kraft! Einige Gehminuten später hat er beinahe schon die Bank erreicht, auf der er stets sein Sonnenbad zu nehmen pflegt, da wird er von einer Krawatte angesprochen: „Na, geht ihr beiden auch miteinander ins Bett? Könnte ja schmerzhaft werden für deinen kleinen Teddylover!" Die Krawatte stößt ein wieherndes Geräusch aus. War das ein Lachen oder ein Pferd im Anzug? Karl strahlt die Krawatte an:

„Natürlich tun wir das!" Was für eine absurde Vorstellung! Sollte Sir Pommes etwa auf dem Fußboden schlafen? Karl schüttelt den Kopf und geht weiter. Er schaut zu Sir Pommes herab, der in seiner Armbeuge sitzt und zu ihm hinauf blinzelt. Der Teddy brummt zufrieden, während Karls Finger und die Sonnenstrahlen sein weiches Bärenfell streicheln.

Simon · Die Auserwählte

Kevin fröstelte leicht, als er die Hamburger Reeperbahn auf- und abging. Noch war es relativ ruhig auf dem schneebedeckten Kiez. Autos fuhren vorsichtig die eisigen Straßen entlang und Leute gingen ihren Tagesgeschäften nach. Vom späteren Nachttrubel mit Geschrei, Jubel und Gebrüll war noch nichts zu vernehmen.
Der junge Mann war sich nicht sicher, ob sein Plan der Beste war. Er hatte das Gefühl, irgendetwas stimme nicht an dieser Idee. Aber Kevin wusste nicht genau was. Es gehörte doch zum Erwachsen werden dazu. Er brauchte einfach Erfahrung. Hatte aber keine Kohle. So beschloss er also es durchzuziehen: Er würde eine Gummipuppe klauen!

Der nächste Sexshop war nicht weit entfernt. Vor diesem Trip hatte er sich im Internet informiert, ob das begehrte Exemplar zur Verfügung stand. Dem war zum Glück so. Also ging er erhobenen Hauptes mit dicht umschlungenem Mantel in Richtung „Sex United", dem Erotikhändler mit versicherter „Geld-zurück-Garantie".
Vor der Tür nahm Kevin allen Mut zusammen. Seine schweißnasse Hand ging zum Türgriff und mit einem hellen und sehr lauten Glockenton öffnete sich der Durchgang in die Erwachsenenwelt. Ihm schlug feuchtwarmer Dampf entgegen. Zum Glück war der Laden rammelvoll und nur wenige Kunden schauten

zu ihm. Die Tarnung hielt – noch. Kevin musste rasch handeln.

Mit schlotternden Knien ging er schnurstracks In Richtung Puppenabteilung. Sein Herz raste vor Aufregung. Schweißperlen bildeten sich auf seinem blassen Gesicht. Das leise Tuscheln der Kunden und das laute Stöhnen der Videoreklame im Hintergrund bemerkte er kaum.

Da stand er vor ihr: Heidi, 90-60-90 in der rothaarigen Sonderausgabe. Als Ausstellungsstück. Die Puppe seiner Wahl. Ihr Preis: 69,00€. Und der war gerechtfertigt. Schnell schnappte er sie sich und schob sie unter den Mantel. Eine solche Körpernähe hatte er noch nie gespürt. Daran könnte er sich gewöhnen. Er war glücklich. Und hoffte, Plastik-Heidi war es auch. Ihm war klar, er würde sie retten. Vor ekligen Rentnerklauen oder pubertären Wichsgriffeln.

Kevin blickte sich verstohlen um. Es schien, als habe niemand seine wagemutige Aktion bemerkt. Sein Blut fing an zu kochen. Er wollte nur noch raus und setzte sich in Bewegung. Nicht zu schnell, aber auch nicht zu langsam. Plötzlich klingelte sein Mobiltelefon. Er hatte vergessen, es auf lautlos zu stellen. Das irritierte ihn. Er schaute sich hektisch um und verlor dabei sein Gleichgewicht. Kevin knallte nach vorne auf den klebrigen Boden. Heidis Doppel-Airbags retteten ihn dabei vor größeren Blessuren.

Er war nun im Mittelpunkt des Interesses. Es war aus. Auch wenn das Gefühl toll war, auf seiner Auserwählten zu liegen. Mehrere Personen versuchten ihm aufzuhelfen. Kevin war perplex. Die Leute fragten ihn, ob alles gut sei. Er bekam aber nichts raus. Heidis fleischfarbener Plastikarm schaute nun ein kleines Stück aus seinem Mantel. Ein älterer Mann bemerkte es. Kevin konnte nichts mehr tun.

Doch heute war sein Glückstag. Der Rentner fasste ihn an der Schulter und führte ihn zum Ausgang. Dort angekommen schaute er Kevin tief in die Augen. „Pass gut auf sie auf." Dabei zwinkerte er mit einem Auge ganz geheimnistuerisch. Der alte Herr öffnete die Tür und schubste Kevin heraus, der auf den glitschigen Gehsteig vor dem Geschäft schlitterte.

Er war in Freiheit. Mit seiner Heidi. Kevins erster Instinkt war es sie vor der Kälte zu schützen und weiter unter dem Mantel zu behalten. Er hatte nun Verantwortung. Und fühlte sich ein kleines Stück erwachsen.

Rolf · Farbtherapie

Helga dreht sich vor dem Spiegel hin und her. Die hellblaue Jeans zum weißen Langarmpulli gefällt ihr sehr gut. Passt zu ihrer neuen Schüttelfrisur. Endlich ist er ab, der alte Zopf. Ernst, wenn er noch lebte, hätte wohl den Kopf geschüttelt, könnte er sie so sehen. Dann aber geschmunzelt und etwas wie "Meine verrückte kleine Helga..." gemurmelt. Auch wenn sie nun fast fünfzig Jahre verheiratet wären. Sie lächelt bei dem Gedanken.

Irgendetwas fehlt noch. Vielleicht ein kräftiger Farbton. Energisch schiebt Helga die blassgrauen und pastellfarbenen Teile, die die Verkäuferin ihr gebracht hat, zur Seite und späht noch einmal die Kleiderständer ab. Oh! Wow! Ja, das ist Farbe! Zurück vor dem Spiegel zupft sie die grellrote Steppweste zurecht. Über ihren schweren Brüsten. Und dem runden Bauch. Was soll's – essen macht eben Spaß und viel essen macht viel Spaß. Hat ihr Vater schon gesagt. Und der war auch nicht von der zierlichen Sorte. Nun, sie wird die Weste offen tragen. Das sieht ohnehin lockerer aus. Jetzt noch etwas um den Hals, dass der nicht so nackig wirkt. Und faltig, denkt sie bei sich. Ihr Blick fällt auf ein Tuch mit weißem Anker-Muster. Blau wie die Nordsee ist es, wenn sich der Sommerhimmel in ihr spiegelt. Sie schlingt es um, spürt die weiche Textur am Nacken und fühlt sich an Strandspaziergänge erinnert. Wenn die Wellen plätschernd die nackten Füße umspülen. Immer gerade ein wenig frischer als die Jahreszeit erwarten lässt.

Sie rafft ihre alten Sachen in der Umkleide zusammen und geht zur Kasse. Beim Bezahlen schiebt Helga dieses erdfarben-graue Bündel bestimmt über den Tisch: "Können Sie das für mich entsorgen?" Noch draußen vor der Tür spürt sie den irritierten Blick der Verkäuferin in ihrem Rücken, kramt ihr Smartphone aus der Handtasche und whatsappt: "Liebe Ilse, Treffen in 15 min im Filtercafé! Gruß Helga". Dann schüttelt sie ihre Haare zurecht und macht sich, gefühlt zehn Jahre verjüngt, summend auf den Weg. In ihren geliebten schwarz-braunen Slippern. Von denen hatte sie sich heute noch nicht trennen können.

Peter · Quastenflosser und Känguru

„Ach wie schön es ist, ein Quastenflosser zu sein", sprach Quasti und schwamm noch eine Runde.

Aber, ach oh Graus, da flog er aus dem Beutel raus.

„Was machst du schon wieder?", sprach Kängi, das Känguru. Sprang blitzschnell unter Quasti und nahm ihn wieder auf.

„Danke, mein großer Freund", rief Quasti und schwamm weiter vergnügt und sorgenfrei.

Doch Kängi sprang munter von dem Hang herunter und schwuppsdiewupps gab das Quasti wieder einen Schups.

Der sagte frech und frei: „Hey Kängi, bald ist der Spaß vorbei. Du hopst so wild auf und nieder, da treff ich doch den Beutel nie mehr wieder!"

„Oh", sagte Kängi, „das tut mir leid, dann bring ich dich halt in den Fluss, dann hast du deine Freiheit wieder."

Gesagt, getan. Quasti verschwand im Fluss und Kängi in der Prärie und beide murmelten: „Dich vergess ich nie ....".

Kathleen · 1999

Das Rauschen der Autos stört sie nicht. Gierig beißt sie ein Stück Croissant mit einem Klecks Kirschmarmelade ab.

Viel hat sie nicht dabei: nur das Geschirrtuch, der Löffel und das Marmeladenglas liegen auf dem dicken Michelin-Atlas neben ihr. Auf ihrem Schoß steht die verführerisch duftende Tüte vom ersten Boulanger nach der Grenze. Sie dreht den Autoschlüssel. Auf geht's nach Kaysersberg! Viel Französisch wird sie in diesem elsässischen Örtchen zwar noch nicht sprechen, aber egal, es ist ja noch ein bisschen Zeit.

Das Autoradio dudelt. Sie rollt über die Rue National und singt so laut sie kann: „and she'll send me picture postcards from L.A.".
So richtig viel Zeit hat sie eigentlich doch nicht mehr. Vier Wochen waren eingeplant für diese Reise durch Frankreich. Mit ihrem kleinen, grünen Polo. Sich treiben lassen, Leute kennenlernen und vor allem viel Französisch sprechen, um bei der nächsten Reise nach Mali besser forschen zu können. Und nun hat sie schon einige Tage davon in Karlsruhe verbracht. Bei ihm. Lag ja auf dem Weg. Vier Tage voller Liebe, Gespräche und Genüsse. Ratatouille, Rotwein und ein Blech Apfelkuchen. Die knusprigen Streusel verströmten einen Hauch von Weihnachten, erzeugten Wärme in Bauch und Herz. Doch sie wollte unbedingt weiterfahren. Sie ändert doch nicht wegen irgend so einem

Typen ihren Plan! Deshalb sitzt sie jetzt mit Croissant fettigen Fingern hinterm Lenkrad. Fühlt sich frei und abenteuerlustig.

Tage später kann sie durch die Windschutzscheibe den Wellen des Atlantiks zuschauen. Komisch, denkt sie, dass sie gestern Abend keine Lust hatte, mit den französischen Studenten auszugehen. Sie leckt mit den Fingern den letzten Rest selbstgemachter Kirschmarmelade aus dem Glas. Er hatte es ihr beim Abschied noch schnell in die Hand gedrückt. Da drüben, das müsste die Jugendherberge sein. Ihre Unterkunft für die nächsten Tage.

Am Abend liegt sie im Bett. Bezug und Laken sind leicht kratzig und kalt. Sie versucht einzuschlafen. Plötzlich rollt eine Atlantikwelle der Sehnsucht über sie hinweg. Auf der Wand gegenüber taucht eine Frage auf: „Was suchst du hier, wo du doch eigentlich gerade in Karlsruhe etwas gefunden hast?" Diese Frage braucht keine Antwort. Sie ist Frage und Antwort zugleich. Ein Gedanke, in ein Gefühl verpackt. Ein Gefühl in Form eines Gedankens.

Am nächsten Tag fährt sie die Tausend Kilometer non-stop zurück.
Als sein 3-Tage-Bart ihre Wange streift, spürt sie, dass das Ziel dieser Reise erreicht ist.

Nils · Herbstsonate

Die Gerüche explodieren in meiner Nase wie ein Feuerwerk! Schiere Vorfreude hatte die Lunte bereits gezündet, kurz bevor wir die Wohnung verließen und jetzt erblühen Feuerblumen in meinem Kopf! Die Herbstsonne lässt Morgentau auf frischem Laub verdampfen. Der würzige Duft bildet die Basis für ein wildes Durcheinander von Gerüchen, die wie Leuchtgeschosse in alle Himmelsrichtungen davon sausen, einige gleißend neu, andere bereits geisterhaft verblasst wie alte Geschichten.

Am Rande eines kleinen Wäldchens deutet meine Begleiterin auf einen Pilz, den ich ehrfurchtsvoll betrachte. Wie das schon wieder riecht! Herrlich ist das! Ich lausche in den Wald hinein und ein leises Echo meiner selbst scheint sich unter das Knarren der Bäume zu mischen. Ein milder Schmerz beginnt in meiner Brust zu zündeln, ich weiß gar nicht, wo das jetzt wieder herkommt! Ich glaube, das sind die Molltöne der Seele, die manchmal durchklingen, wenn das Dur des Alltags einen Augenblick die Klappe hält. Das fühlt sich an wie die Erinnerung an eine Heimat, die ich nie gekannt habe!

Wie biegen ab auf einen kleinen Weg, der geradewegs ins Herz des Waldes führt. Lichtlanzen strahlen durch das Geäst der Bäume, ganz grün und golden aufgeladen von Blätterwerk und Sonne. Dann trifft mich ein Bouquet von Düften mit voller Breitseite! Ich fühle mich wie mit einem Blumenstrauß verprügelt – aber auf eine gute Art! Eine wahrhaftige Dame steht dort vor mir, anmutig, atemberaubend, eine Grazie, die in Marmor geschlagen gehört! Ich beginne haltlos zu sabbern und stürze vor, um an ihrem prachtvollen Hinterteil zu schnuppern! Sie hat einen riesigen, haarigen Schwanz, mit dem sie so heftig zu wedeln beginnt, dass sie sich beinahe selbst von den Hinterläufen fegt! Ich belle schrill und wir umspringen einander fassungslos vor Glück! So einfach ist das manchmal ... und so schön.

Simon · Der Besuch

„Frischgekocht schmeckt es immer besser!" krächzte die alte Frau im Lichte des knisternden Kaminfeuers. Es war Winter, und um die kleine Hütte im Wald lag dichter glitzernder Schnee. Der Wind zischte eiskalt und die Fußstapfen, die zur Hütte führten, zeugten von der Ankunft dreier Fremder.

„Gut, dass ihr es noch her geschafft habt. Bei der Kälte wäre euch bald der Arsch abgefroren. Hehehe." Die nach vorne gebeugte Alte stand vor einem riesigen Kochtopf, in dem leise eine wohlriechende Flüssigkeit brodelte. Der kleine und verwinkelte Innenraum war vollgestopft mit Gewürzen, Tierfellen, Schüsseln und anderem Kram.

Die drei Fremden, Krieger aus dem Norden, saßen im Schatten, dichtgedrängt auf einer alten, wurmstichigen Holzbank. Voll ausgerüstet mit Kriegsbeilen, Lederharnischen und Pelzen schwiegen sie in die Dunkelheit hinein. Ihr kratziger Atem deutete auf eine lange Reise voller Unwägbarkeiten hin. „Redet nicht so viel, Weib", erhob sich eine dunkle Stimme. „Gebt uns das Essen, und dann marschieren wir weiter."

„Ja, ja, die jungen Herren, hehehe" erwiderte die Hausherrin und ließ dabei die letzten Kräuter in den Topf rieseln, um das Gericht zu perfektionieren. „Es kann schon losgehen." Sie reichte den Männern

Schüsseln, die bis zum Rand mit dampfender Suppe gefüllt waren und dazu selbstgeschnitzte Holzlöffel.

Die Krieger aßen gedankenversunken ihre Suppe. Die alte Frau saß lächelnd in ihrem Schaukelstuhl und beobachte die unerwarteten Besucher. Nach kurzer Zeit waren die Schüsseln leer und zwei der drei Fremden forderten einen Nachschlag. Das gefiel der Frau und sie erfüllte den Wunsch.

Etwas später waren alle Männer satt und zufrieden. „Wir werden nun wieder aufbrechen, Weib", sagte der Mann mit der dunklen Stimme. „Auf bald!" „Lebt wohl meine Herren, und eine gute Weiterreise." Die Krieger, groß und stark wie Bären, erhoben sich aus dem Dunkel der Hütte und stampften hinaus.

Die alte Frau stand langsam und schwerfällig auf, ging ein paar Schritte und durchsuchte einen ihrer vollgestopften Schränke. Von draußen war plötzlich ein dumpfes Krachen zu hören. Dann noch eins. Es folgten ein paar schwerfällige, knirschende Schritte. Und wieder das Krachen. Die Hausherrin hatte ihr Werkzeug gefunden und öffnete die Tür nach draußen. Dort lagen die drei Fremden, einer fast vor ihren Füßen, zwei weiter entfernt im Schnee. „Tapfere Jungs", dachte sie und zog den ersten Mann geschickt aus. Zuerst den Harnisch, danach die Hose und zum Abschluss die ranzige Unterkleidung. Um ihm dann mit der scharfen Klinge aus dem Schrank den behaarten Bauch aufzuschneiden.

Das warme, tiefrote Blut quoll heraus und floss, wie winzige Flussadern, zu allen Seiten in den Schnee. Das erfreute die Frau. „Jetzt kann ich die Beute schön ausbluten lassen und das Fleisch ist durch die Kälte sehr lange haltbar. Der Winter ist doch die schönste Jahreszeit!"

Rolf · Kein Trinker

Willi saß in seinem Lieblingssessel und war noch immer aufgebracht. Mit zusammengezogenen Brauen starrte er in die bernsteinfarbene Flüssigkeit, die langsam im Glas kreiste. Ein Whisky. Sechzehn Jahre alt. Geschenk von seinem Nachbarn. Ordentliche Medizin. Die hatte er jetzt auch nötig!

Wie kam diese Person dazu, zu sagen, er soll mal nicht so rumschleimen, sonst rutscht noch einer aus. So was! Das war ja wohl die Höhe! Dabei hatte er ihr mit seinem „Schicke Bluse heute, Helga" ein Kompliment machen wollen. Hatte es echt ehrlich gemeint. Er spürte, dass seine Hand sich um das Glas verkrampfte und lockerte den Griff etwas.

„Ja klar, ich kann nich so schnacken wie unsere Politikers", knurrte er. „Und ich seh' auch nicht aus wie dieser Ritschard Gier aus ihr'm Lieblingsfilm. Ich bin einfach Willi. Willi aus Barmbek. Jeden verdammten Tag." Er strich das lange graue Haar zurück hinters Ohr und gab dem Whisky neuen Schwung. „Und überhaupt: Gier – auch nich grad 'ne dolle Eigenschaft!" Finster schaute er in den Strudel.

Dabei hatte er's echt nett gemeint. Aber ja – manchen Menschen kann man einfach nix recht machen. Und Frauen schon gar nicht! Weiß man doch. Er setzte das Glas an die Lippen. Und wieder ab.

"Die soll doch froh sein", brummte er, "wenn sie, faltig wie der Hals von 'ner Schildkröte, überhaupt noch mal 'n Kompliment kriegt!"

Wieder setzte er das Glas an, stellte es dann aber resolut zur Seite.

"Und wenn die nu denkt, dass ich ihretwegen schon mittags zu trinken anfang', dann hat die sich aber getäuscht! Jawoll!"

Peter · Die Herausforderung

Wieder einer dieser trüben Tage, an denen das Aufstehen eine ernste Herausforderung war.

Der Blick durchs Fenster offenbarte eine nebelige, grau in grau erscheinende Silhouette der Außenwelt. Schlieren überzogen das schon lange nicht mehr geputzte Fenster. Ein Trauerspiel.

Kraftlos zog er sich die knittrige, hellblaue und viel zu große Pyjamahose an, schleppte sich mühselig ins Badezimmer.

Und dann wieder diese Überwindung, der er sich nun mutig stellen musste – der Blick in den fleckigen, grauen Spiegel, der ebenso wie er, auch schon bessere Zeiten gesehen hatte. Da war es wieder, das faltige, mit Furchen durchsetzte Gesicht – sein Gesicht.

„Aber ein Mann, ein Wort". Mutig und entschlossen öffnete er die vergilbte Tür des Hängeschrankes und nahm etwas heraus. Oh, wie griffig und angenehm es sich anfühlte. So stark und kraftvoll wie der wütende Stier in der Arena.

Und dann, ein mutiger, entschlossener Schritt.

Das ist es, was ein Mann jetzt tun muss.

Den sperrigen Schalter betätigen, der die scharfen Messer zum Schwingen bringt, wie die wirbelnde Klinge des Schwertes eines Ninja Kämpfers.

Es ist so weit, die Schwermut, unendlich, wie die Weite des Alls und das Sternenmeer des Universums, wurde wieder überwunden.

Und die Haut, runzelig, faltig, mit diesem eigentlich schönen 3-Tage Bart, wird jetzt wieder geschunden.

Es ist wider der Natur,
aber weil er zur Arbeit muss,
entschließt er sich zur Rasur.

Kathleen · Angekommen

Frisch gekocht schmeckt's immer besser, denkt sie und löffelt missmutig die Bohnen aus der Dose. In kurzem Rock und Trägershirt sitzt sie vor dem Zimmer. Blickt vom Balkon auf den abendlichen Verkehr von knatternden Mopeds hinunter. Gedankenversunken reibt sie sich ein paar Sandkörner vom Arm. Der Geruch des Mandelöls auf der Haut steigt ihr in die Nase. War das nicht phantastisch heute? 30 Grad im Schatten, türkis glitzerndes Wasser, goldener Sand, schattenspendende Palmen und eine Massage.

Eigentlich wollte sie erst nicht. Vertröstete die Masseuse auf später. Doch Rosa mit den Speckröllchen auf der Hüfte war hartnäckig und kam wieder. „Na gut, nur die Füße!" Himmlisch. Eine Wohltat. Wohlfühlprogramm XXL. „Du arbeiten zu viel in Alemania!" sagte Rosa und fing an, mit reichlich Mandelöl den Rücken zu kneten. Eigentlich nur die Füße, wollte sie noch protestieren, aber dann schmolz sie dahin. Woher Rosa das nur wusste? Sah sie so gestresst aus? Diese Auszeit hier hatte sie sich wirklich verdient! Sie ließ sich von den geschickten Händen und den Merengue-Klängen einlullen. Am Ende verlangte Rosa so unverschämt viel, dass die ersten Pesos vom Flughafen komplett drauf gingen.

Na ja, nicht nur die Massage, sondern auch die Miete für die knarzende Strandliege trug ihren Teil dazu bei. Und der teure, aber irgendwie billig schmeckende

Piña Colada. Und der Cuba Libre für José, den Strandliegenvermieter mit dem Loch im Schuh. Er hatte ausgerechnet heute Geburtstag. Da konnte sie ihm diesen Wunsch nun wirklich nicht ausschlagen.

Von den Bohnen unbefriedigt streckt sie sich für die erste Nacht auf dem großen Bett aus. Die vom Deckenventilator aufgewirbelte Luft streicht über ihre Haut. Das vertreibt die Wolken in ihren Gedanken. Klare Sicht.

Morgen, ja morgen wird alles besser. Dann ist Weihnachten. Es werden weitere, viel zu hart arbeitende Touristen für Rosa ankommen. Und neue Menschen mit Taschen voller Pesos für José. Das ist gut, denn auch morgen wird er wieder Geburtstag haben. Winter ist für beide die schönste Jahreszeit!

Nils · Tennistagtraum

Beinahe kann er den Tennisschläger wieder in seinen leeren Händen spüren. Schon lange hat er nicht mehr gespielt. Der Tag ist heiß. Feiner Staub schwebt in der Luft und jeder Sonnenstrahl scheint ein eigenes Gewicht zu haben. Er sitzt unter dem grünflirrenden Blätterrascheln einer Buche, die wie ein schützendes Dach die Sitzbank überschattet und beobachtet das sprintschwitzende, schlagkeuchende Treiben auf dem Tennisplatz.

Schon eine Weile betrachtet er das Damendoppel, das seit einer halben Stunde in der unerbittlichen Hitze der Mittagszeit in einem Meer aus Schweiß, Punkt um Punkt, Minute um Minute spielt. Genauer gesagt, er beobachtet die kleine, quirlige Spielerin mit den Haaren, die wie ein Sturzbach aus Honig über ihre zierlichen Schultern fluten. Er bildet sich ein, immer kurz geblendet zu sein, wenn ein Sonnenstrahl sich auf bestimmte Art in ihrem Haar offenbart ... Sehnsucht steigt in ihm auf wie ein Pegel, der auf Augenhöhe schließlich überläuft. Unmöglich sie anzusprechen, vollkommen unmöglich.

Ein Kloß bildet sich in einem Hals, schleimig, salzig, wie ein Cocktail-trunkener Kuss im Geflüster der Nacht: So wie damals, nach dem Krieg, als er seine Frau kennengelernt hatte, mitten im Wiederaufbau Berlins, Rock 'n' Roll auf AFN und die Zukunft voller

Möglichkeiten. Blond war sie gewesen, mit derselben Statur, wie diese Tennisspielerin dort.

Er schaut auf seine Hände herab, die faltig wie Gletschermoräne in seinem Schoß liegen. Faltig von so vielen Jahren, von Streit und Versöhnung, von Liebe und Leben. Und schließlich auch vom Abschiednehmen im letzten Herbst, als er allein zurück geblieben ist.

Simon · Geheime Botschaft

Text gemeißelt in Stein, gefunden im Grand Canyon, 2018

Ich bin ZackRack. Aus der Familie der ZackRackRack. Das ist eigentlich ein Geheimnis, aber ich halte es nicht mehr aus. Du musst mir unbedingt helfen!
Ich fange mal von vorne an. Wir ZuckZock sind friedliebende Wesen, ihr würdet sie echsenähnlich beschreiben, die unter der Erde nahe des schummrig warmen Kerns leben. Wir existieren schon viel länger als ihr auf, naja beziehungsweise IN dieser Welt, aber wir haben es nie geschafft nach außen zu dringen. Unsere Gesellschaft ist sehr traditionell und wer „Oben" als Begriff verwendet wird gejagt und in den Erdkern geschmissen! So eine Vergeudung. Schumakaa! Was das bedeutet, schreibe ich lieber nicht.

Daher ist es bei uns Pflicht, mit gesenktem Blick durchs feurig warme Höhlensystem zu huschen. Dort oben ist tabu! Wer das nicht beachtet, kommt direkt auf die Liste der „Störer des lang bewährten und sich niemals ändernden Systems der ZuckZock".

Und da bin ich, der mit einer Kopffehlhaltung geboren wurde und ständig nach oben starren muss, weil ich nicht anders kann. Allein erblich bedingt muss ich einfach neugierig sein, was da oben so abgeht. Ich war natürlich immer unter Verdacht ein Störer des Systems zu sein. Zu Recht! Aber mit meiner Klugheit konnte ich bisher alle täuschen. Haha, die wissen von gar nichts!

Also pass auf. Hier unten auf die feuchten Decken zu starren muss einfach aufhören. Bitte hilf mir dabei, Oberweltbewohner. Ich habe folgenden Plan: Wenn Du sowas wie einen Riesenbohrer besorgen könntest und dann bei den unten stehenden Koordinaten gräbst, müsstest Du irgendwann zu uns durchdringen. Ja, dabei wird ein bisschen was zusammenstürzen. Aber Schwund ist überall!

Als nächstes müsstest du mich dann nur mit einem Seil, Kran oder was auch immer hochholen. Ich will einfachen diesen „Himmel" sehen! Davon steht zumindest etwas in den verbotenen Büchern der alten Gelehrten. Also: Rette mich! Vorausgesetzt, es gibt da oben noch etwas. Und wenn es Dich gibt. Die Person, die mich rettet. Befreit. Ich setz auf Dich.

Dein Dir ergebener ZackRack aus dem Hause der ZackRackRack

12S 400983 3995600

Rolf · Leben danach?

Leer. Ich fühle mich leer. Und benutzt, irgendwie. Dazu diese unnatürliche Haltung, halb liegend, halb zugedeckt von raschelndem Papier, Gesicht nach unten.
Noch heute Morgen hatte die Welt ganz herrlich ausgesehen. Mit all meinen Verwandten und Bekannten hatte ich angestanden und gewartet. War immer weiter vorgerückt. Um mich herum das Türenklappern, der Schwall kalter Luft von draußen und der Dampf und das Zischen der großen, chromblitzenden Maschine.

Dann war alles ganz schnell gegangen. Finger packten mich, schoben mich nach vorn. In meinem Inneren fühlte ich wohlige Wärme aufsteigen. Wie gut das tat. Die Maschine verstummte mit einem zischenden Röcheln. Andere, eilige Hände ergriffen mich, trugen mich, setzten mir eine Mütze auf und ab ging die Reise. Küsse von weichen roten Lippen. Die Kälte draußen konnte mir nichts anhaben. Ich war glücklich. Die Welt war schön. Neugierig schaute ich hindurch zwischen den Fingern, die mich trugen. Drei Treppen hoch. Die Küsse verzehrten mich.

Und nun das. Ein letztes Mal die warmen Hände auf meiner Haut. Freier Fall. Raschelnder Aufprall. Leere. Kälte. Dann nichts mehr.
Es gibt wohl doch kein Leben danach – für einen Papp-Kaffeebecher.

Peter · Der Buchkauf ein Hexenwerk

Da stand er nun an der Kasse, mit dem Buch in der Hand, das sich so merkwürdig und seltsam anfühlte. Gesehen im Regal „Probeweise Bücher", was immer das heißen sollte.

Ohne nachzudenken hatte er dieses Buch herausgenommen. Er fühlte mehr, dass es ihn ausgesucht hatte, anstatt er es.

Schnell bezahlen und rasch nach Hause, damit er sich seine Lektüre in Ruhe anschauen konnte. Gesagt, getan.

Dort angekommen, nahm er dieses leuchtende, doch auch irgendwie gebrauchte, rau und warm anfühlende Buch in die Hand und las den Titel. "Hexenwerk für Mutige".

Beim Öffnen des Buchdeckels rieselte feiner, nebeliger Staub heraus und verdichtete sich zu einer Wolke golden leuchtenden Dunstes, der ihn einhüllte wie ein wohliges, samtenes Tuch auf der Haut.

Plötzlich fühlte er sich in eine Zeit weit vor der unseren versetzt und sah Bilder einer schottischen, urwüchsigen Landschaft. Er spürte den rauen, meeressalzigen Wind und hatte das Gefühl, von vielen wachen Augen beobachtet zu werden.

Noch ganz benommen von diesen Eindrücken hörte er eine angenehme, leise, aber deutliche Stimme zu ihm sagen: "Willkommen zu Hause, ehrenwerter Hexenmeister".

Gleichzeitig schälten sich aus dem Nichts, drei wunderschöne Frauen direkt vor ihm aus der Luft heraus. Sie lachten, umtanzten ihn voller Freude und berührten ihn leicht und zaghaft . Er spürte plötzlich eine urwüchsige, unbändige Kraft und Energie in sich aufsteigen und sah SEINEN drei Gespielinnen mit einem feurigen, dominanten Blick in die Augen, so dass diese sich ehrfürchtig vor ihm niederließen.

War er das wirklich? Was fühlte er da? Wo war er? Wann war er? Was geschah in diesem Moment?

Und ohne jede Vorwarnung riss plötzlich der Schleier des Vergessens, wie ein Nebel, der durch die Sonnenstrahlen aufgelöst wird.

Ja, er war ein Hexenmeister.

Nein, nicht ein Hexenmeister, er war DER Hexenmeister.

Seit Äonen von Jahren reiste er durch die Zeit, immerzu in Tarnidentitäten. So wie im Buchladen, in einer anderen Zeit. Über viele, viele Jahre hatte er heimlich Zeichen und Spuren in jeder wesentlichen Epoche hinterlassen, um sich wiederzufinden. So wie jetzt.

Denn, das war klar, er musste auf der Hut sein. Es gab immer noch dunkle Mächte, die seiner habhaft werden wollten, um seine einzigartigen Fähigkeiten zu nutzen. Im Sinne der dunklen Seite des Nichts. Er jedoch hatte all seine unsterblichen Jahre genutzt und sich auf diesen einen Moment vorbereitet, der jetzt gekommen war.

Steht auf, sagte er zu seinen Hexengespielinnen und vollbringt, wozu ich euch ausgebildet habe!

Und so zogen sie aus, ihr Hexenwerk im Sinne des Guten und unendlich weisen Hexenmeisters in die Welt zu tragen, um den Menschen endlich Frieden zu bringen.

Alleine, ohne magische Kräfte, konnten die Menschen keinen Frieden finden.

Im Zentrum des Seins stand der Hexenmeister, umkreist von seinen Hexen, die auf der ganzen Welt verteilt waren. Ihre Energie bündelte sich, schwebte hinauf, zerfloss in die Herzen der Menschen, Tiere und allen Seins und brachte tiefen, unendlichen Frieden und Freude in die Welt.

Das Hexenwerk des Guten ist vollbracht und der Hexenmeister und seine Gespielinnen wünschen eine gute, traumhaft schöne Nacht.

Kathleen · Zum Kuckuck

Anna flucht leise. Diese Seminararbeit bringt sie noch um den Verstand. „Inhaber geführte Läden" – so ein Quatsch. Viel zu altmodisch, zu langweilig, zu offline!
Sie fährt die Fuhlsbüttler Straße entlang. Kurz hinterm Orion Sexshop an der Kreuzung zum Ring 2 steigt sie ab. Die linke Bremse ihres Rades quietscht. Schon immer. Deshalb nutzt sie sonst die rechte. Aber die ist seit gestern kaputt. Senkrechte Falten sind auf ihrer Stirn zu sehen. Sie sichert ihr Gefährt. Die Kette des Fahrradschlosses kratzt am Laternenpfahl.
Anna steigt die ausgetretenen Stufen zum Laden hinunter. Tritt ein. Lässt den Verkehrslärm draußen. Stattdessen umhüllt sie ein vielfältiges Ticken und leises Rasseln.

Das Ticktack der Kuckucksuhren zieht sie magisch an. Dieses Geräusch hat so eine beruhigende Wirkung auf sie wie eine große Tasse Baldriantee. Anna bleibt wie angewurzelt stehen und träumt. Sie als kleines Mädchen. Ein paar Ferientage bei Ihrem alten Großonkel, dem Jäger. In seinem Bungalow am Tannenwald, über dem Sofa mit der blaugrau karierten Decke, gab es diese faszinierende Uhr mit dem kleinen Türchen und dem goldenen Pendel. An langen Ketten hingen die Gewichte wie Tannenzapfen. Ticktack.

Damals.

Als es noch Bäckerei ‚Lehmann' und Fleischerei ‚Droschek' gab.

Damals.
Als sie noch auf den Traumprinzen wartete.

Und heute?
Sie kennt einen Mann, den sie manchmal nachts besucht. Aber zum Frühstück bleiben? Bloß nicht. Und es gibt einen anderen, mit dem sie im „Kaffeeschuppen" über Gott und die Welt philosophieren kann, bis der Kellner die Stühle hochstellt. Wunderbar. Aber mehr passiert da nicht.
Auf den perfekten Mann zum Küssen UND Reden wartet sie nicht mehr.

Und heute?
Gibt es Bäckerketten. Und alles andere online. Unternehmen wie Youtube, Facebook oder Google faszinieren sie.

Ein leises Klappern lässt sie aufschrecken. Ach ja, der Uhrmacher. Das Interview. Sie dreht sich um und sieht einen jungen Mann Werkzeug aufräumen. Eine Schachtel mit filigranen Schraubenziehern steht auf dem Tisch. Geriffelte Griffe. Der Größe nach sortiert. Daneben der eben reparierte Wecker. Lächelnd stellt er ihn ins Regal und wendet sich ihr zu.

Ihre Blicke treffen sich und beide wissen sofort: Eines Tages werden sie gemeinsam diesen Laden führen!

Simon · Mauern

Sie stand vor der Mauer und kam nicht weiter. Das Konstrukt war so hoch wie die Wolken und so breit, dass kein Ende in Sicht war. Sie war hier, in der dämmernden Wüste, gefangen und voller Verzweiflung. Ihr war sehr kalt, aber die Angst ließ sie schwitzen. Ihre Knie zitterten, ihr Hals war wie zugeschnürt. Die Feinde würden sie finden. Zu Tode foltern. Sie sah keinen Ausweg.

Langsam fuhr ihre Hand über den glatten Stein. Er pulsierte wie ein lebendiger Organismus. Und klopfte. Es fühlte sich seltsam vertraut an. Sie musste kurz schmunzeln. Die Mauer war mehr als sie zugeben wollte. Sie strahlte eine tröstende Stärke aus.

Die Feinde kamen näher. Sie hörte heisere Schreie des Wahnsinns. Der Geruch von Galle, Verwesung und Exkrementen kroch in ihre Nase. Sie war paralysiert. Konnte sich nicht umschauen, wollte sich nicht umschauen. Die Mauer musste durchdrungen werden. Sie kostete sie die letzte Kraft. Es gab keine Alternative.

Sie stemmte sich gegen den Stein. Setzte alles ein, was sie hatte." Doch der Organismus war stark und hielt stand. Er hatte sich über Jahre weiterentwickelt. Ihre Panik stieg ins Unermessliche. Mit einem letzten Schlag versuchte sie die Mauer einzureißen. Das Konstrukt erzitterte. Doch es reichte nicht. Diesmal nicht.

Die Feinde waren fast bei ihr. Schemenhafte Geschöpfe auf pechschwarzen Rössern. Geboren um zu jagen. Zu verzehren. Sie waren ihr bekannt. Hatten sie immer wieder gefangen und eingesperrt in ihrem eigenen Heim. Allein und ohne Hoffnung. Voller Qual.

Daher musste sie fliehen. Und war bis zu der Mauer gekommen. Musste sie durchdringen, um weiter fliehen zu können. Das war ihr stets geglückt. Doch kurz nach dem Durchbruch konnten die Feinde sie jedes Mal wieder einfangen. Diesmal war es anders. Das Konstrukt war gewachsen, hatte an Erfahrung gewonnen. Hielt stand. Das musste sie voller Verzweiflung akzeptieren.

Und dann waren sie da. Die Feinde hatten sie umzingelt. Sie schloss die Augen wie ein Kind, das unter die Bettdecke kriecht. Ihre Ohren schmerzten. Die lauten Schreie durchstachen ihr Trommelfell. Sie drückte sich gegen die Mauer und ging in die Hocke mit ihren Händen auf den Ohren. Das war ihr Ende.

Plötzlich war es ganz still. Sie öffnete langsam die Augen. Nichts. Sie sah nichts, roch nichts, hörte nichts. Keine Feinde, keine Mauer. Niemand war hier. Nur sie und ihr klopfendes Herz. Ihr war schwindelig. Sie musste lächeln. Diesmal war sie nicht geflohen. Die Mauer hatte sie davon abgehalten und ihre Angst beherrscht. Die Mauer, die sie unter Schweiß und Tränen selbst gebaut hatte.

Rolf · Rettungskommando

Als ihr Tag heute anfing, war er schon im Eimer. Doch – was soll's. So geht das manchmal. Gäb's keine blöden Tage, würde man auch nicht merken, wenn's richtig toll ist.

Missmutig warf sie ein paar Sachen in den Koffer. Die Gartenhose, Arbeitshandschuhe, eine unempfindliche Jacke, das Strickzeug. Und buchte ein Online-Ticket nach Hintertupfingen.

Sie hatte dieses Mal zu Hause bleiben wollen, schwanger, wie sie war. Mit dem Kugelbauch wurden die einfachsten Dinge immer anstrengender. Nicht mehr zu sehen, ob die Schuhe zu sind, ging ja noch. Sie selbst zu binden, grenzte an Akrobatik. Wie das ihr bierbäuchiger Nachbar wohl täglich hinbekam? Ach, sicherlich trug der Slipper.

Nun war sie doch unterwegs, um das Wochenendhaus aus dem Winterschlaf zu wecken. Und wegen Kai, der das dieses Mal allein erledigen wollte. Aber ach, ihr Mann mit seinen zwei linken Händen. Er konnte wundervolle Musik schreiben und verzauberte sie wieder und wieder mit seinem Gesang – doch wenn er mal zupacken musste?

Gestern hatte sie ihn ständig am Ohr: Erst, weil die Schuppentür klemmte. *Dabei muss man die nur ein wenig anheben, aufschließen – und dann noch 'n klei-*

nen Ruck. Etwas später, weil der Rauch aus allen Fenstern quoll, als er den Kamin anheizen wollte. *Ein Glück, dass nicht gleich die Feuerwehr angerückt war.* Und dann, weil sich selbst beim Betten Beziehen unerwartet Schwierigkeiten auftaten – die Bezüge für die Decken viel zu klein waren und die Kissenbezüge zu groß. ... *oh Mann!* Ein Schmunzeln huschte über ihr Gesicht.

Am Ende war die Kellertür hinter ihm ins Schloss gefallen. Und da hockte er nun. Im Dunkeln. Eingeschlossen. Zu seinem Glück schleppte er ja überall sein Handy mit hin. Selbst aufs Klo.

So saß sie nun im Zug. Um ihn zu retten. Strickte. Der Sitz zu eng. Das Kind fand's auch nicht toll – Strampelprotest in ihrem Bauch. Und zu allem Übel war nun auch noch die Wolle alle.

Tja, gibt's eben nur 'nen halben Schal zu Ostern, mein lieber Kai.

Peter · U-Bahn

Ich habe Nachtschicht, aber als U-Bahnfahrer auf dieser Strecke sehe ich eh kein Tageslicht.

Wie sehr ich diesen Beruf hasse, seit sich dieser Trottel vor meinen Zug geschmissen hat.

Gut, der Betriebspsychologe hilft mir ein bisschen, aber verdammt noch mal, hat der diese grauenvollen Bilder im Kopf oder ich?

Was soll ich nur tun?

Eigentlich war ich gerne vorn in meiner Bahn und habe all diese Menschen gefahren. Ich habe mich gut gefühlt und war mir auch der Verantwortung bewusst.

Aber jetzt?

Jetzt habe ich eine Scheißangst, dass wieder sowas passiert.

Dieses fürchterliche Geräusch als der Körper unter meiner Bahn zermalmt wurde. Hätte ich doch nur rechtzeitig bremsen können. Aber es ging alles so furchtbar schnell.

Könnte mich selber vor meinen Zug schmeißen.

Ob ich erstmal eine Auszeit nehme? Einfach so? Abstand bekommen. Das wäre es!

Aber wovon soll ich das bezahlen? Oder zahlt das die Firma?

Ja, das mache ich. Morgen gehe ich zu meinem Chef und regele das.

Ich kann nicht mehr. Ich werde mir ein Ticket kaufen, fliege irgendwo hin und bleibe da für eine Weile bis sich die grauenvollen Bilder in meinem Kopf verabschieden.

"Nächste Haltestelle – Haltestelle NEUES LEBEN, bitte alle aussteigen.
Dieser Zug fährt nirgendwo mehr hin.

Kathleen · Mathe

Er versucht, es sich auf dem harten Sitz so bequem wie möglich zu machen. Zwei senkrechte Falten sind auf seiner Stirn über der Nase zu sehen. Sein roter Blouson mit den schwarzen Schulterstreifen steht offen. Der Beutel mit den langen Schlaufen hängt schief auf seinem Knie. Einzelne Blätter seiner Unisachen rutschen heraus. In fünfzehn Minuten beginnt die Mathe-Klausur.

Die S-Bahn rattert im Takt. Es ist fast der gleiche Takt, der aus seinen schwarzen Kopfhörern dröhnt. Eigentlich kann er das Lied schon nicht mehr hören, aber irgendetwas bringt ihn dazu, es immer wieder abzuspielen. Diesem Lied hat er den Rausschmiss aus der Band zu verdanken. Damals nach dem Auftritt im ‚Barrock'.

Sobald er daran denkt, bilden sich kleine Schweißperlen über seinem schwarzen Bartflaum. Beim Übergang von der Strophe zum Refrain wollte er das coole Fill-In aus dem Original spielen. Nur leider fiel es ihm einfach nicht ein. Das blockierte ihn, er war wie gelähmt.

„Wenn mitten im Song das Schlagzeug ausfällt, klingt das, als ob dir beim Sprechen die Konsonanten fehlen." Mehr hat der Sänger nicht zu ihm gesagt.

Seitdem ist er bandlos. Ohne Hoffnung. Treibt blindlings durch den Unialltag.

Die S-Bahn fährt in den Tunnel zum Hauptbahnhof. Die Dunkelheit draußen lässt ihn aufschrecken. Er hat die Haltestelle ‚Berliner Tor' verpasst. Hastig steckt er seine losen Zettel in den Beutel, stopft sich den Rest Franzbrötchen in den Mund und steigt am Hauptbahnhof aus. Unachtsam rempelt er eine telefonierende Frau an. Er tritt von einem Bein aufs andere und wartet auf die Bahn zurück. Das Quietschen der Fernverkehrszüge und das Rumpeln der Rollkoffer hört er durch seine Kopfhörer nur gedämpft. Die neue Ritter-Sport Werbung zum Thema „Ebbe und Flut" hoch oben nimmt er nicht wahr.

Als die S3 einfährt, tippt ihn jemand von der Seite an: „Hey, bist du nicht ...?" Er zieht die Kopfhörer runter und dreht sich um. Eine junge Frau mit kakaobraunen Augen lächelt ihn an. Er kramt in seinem Gedächtnis. Da fällt es ihm ein. Die Kellnerin vom Café ‚Smögen'. „Wann spielt ihr mal wieder bei uns?", fragt sie. Er schüttelt den Kopf. Nuschelt etwas wie „Hat sich aufgelöst". Auch ihre Haut hat die Farbe von Kakao.

Er steigt in die Bahn. Sie sagt, „Ich hab da so'n Projekt. Kannste auch Cajon spielen?" Er nickt. Hastig holt sie einen Edding aus der Tasche und schreibt kurzentschlossen ihre Nummer auf seinen Handrücken. Im allerletzten Moment zieht sie ihre Hände zurück und die S-Bahn-Türen schließen sich zischend. Die letzte Ziffer fehlt noch.

Sie gestikuliert und formt die fehlende Zahl immer wieder stumm mit ihren Lippen. Als die Bahn losfährt, beginnt er nach hinten zu laufen. Will diese Lippen nicht loslassen. Doch bald schon ist der Bahnsteig nicht mehr zu sehen.

Er setzt sich. Steht wieder auf. Macht einer alten Frau Platz. Seine Augen strahlen. Kakao ist nicht nur was für kleine Jungs!

Peter · Leiser Tod

„Plopp", das war das letzte Geräusch, das er hörte, bevor er lautlos in sich zusammen sackte. Leise tröpfelte ein wenig Blut aus dem sauber gestanzten Loch in der Stirn. Die fassungslose Stille wurde jäh durch die klagenden Schreie seiner Gefährtin durchbrochen.

Mitten im Einkaufszentrum, dreist in aller Öffentlichkeit, eiskalt und präzise, wie der Schnitt eines Chirurgen ins Fleisch des hilflosen Patienten. Warum? Was war das Motiv? Wieso schon wieder? Das war jetzt der neunte Fall in viereinhalb Tagen.
Hauptkommissar Dr. Hilfreich strich gedankenversunken mit seiner linken Hand über den Dreitagebart und versuchte Ordnung in seine Analyse der Fälle zu bringen.

Vor genau viereinhalb Tagen, morgens, 7:30h Ortszeit, der Nebel strich noch sanft über das träumende, saftgrüne Gras der Lichtung, wurde die erste Leiche gefunden. Mitten im Park. Mitten in der Stadt. Eine Frau, 35 Jahre alt, gute Figur, schlank, ledig, geschmackvoll gekleidet und – mit einem sauber gestanzten Loch in der Stirn, Kaliber 9mm.

Dann, Schlag auf Schlag, eine Leiche nach der Anderen. Scheinbar wahllos, alle mittleren Alters, quer durch die Bevölkerungsschichten Hamburgs, an zentralen Punkten der Stadt. Niemand hatte etwas gesehen oder gehört, bis, ja, bis die Opfer gefunden wurden oder hilflose Passanten die Kopfschüsse mit ansehen mussten. Die Abteilung für psychologische Betreuung war mittlerweile an der Grenze der psychischen und physischen Belastung angekommen.

Was zum Teufel wurde hier gespielt? Wieso konnten keine weiteren Spuren gesichert werden? Keine Patronenhülsen, keine Kugeln, nichts und nirgendwo! Kopfschüsse, ohne jede Waffenrückstände, das war wirklich ungewöhnlich. Es mussten eine spezielle Waffe und Munition verwendet worden sein und, wie es gegenwärtig aussah, wohl auch noch weiter verwendet werden….

Kommissar Hilfreich musste Antworten auf diese Fragen finden und das würde er auch. Seine Bilanz lag bei unglaublichen einhundert Prozent aufgeklärter Fälle, weshalb er auch der Wadenbeißer genannt wurde. Er ließ die Fälle erst dann los, wenn diese restlos aufgeklärt worden waren.

Nun also erst mal die üblichen Routineabfragen: Gab es irgendwelche auch noch so unscheinbare Zusammenhänge zwischen den Opfern? Gab es Übereinstimmungen bei der Wahl der Tatorte? Welche Hinweise und Befunde ergab die Spurensicherung?

Der Wadenbeißer biss sich fest und sichtete auf einer großen Pinnwand alle Fakten, die er bisher ausgewertet hatte. Keine Zusammenhänge zwischen den Opfern, die Tatorte scheinbar zufällig. Und was ermittelte die Spurensicherung?

Nun, es gab nach sorgfältiger Analyse des im Körper der Opfer vorhandenen Schusskanales, eine ungefähre Bestimmung der Tatorte, an denen die tödlichen Schüsse abgegeben worden sein mussten.
Dort wurde nichts, rein gar nichts gefunden. Der Wadenbeißer las den Bericht der Spurensicherung wieder und wieder. Es blieb dabei. Keine Indizien gefunden. Aber damit gab er sich nicht zufrieden und nahm sich die Jungs der Spurensicherung, einen nach dem anderen, vor. Bericht hin oder her.

Einzig der junge, neue Kollege, frisch von der Polizeischule, erwähnte, dass am letzten Tatort eine kleine Wasserlache vorhanden gewesen sei, die aber ja wohl nichts mit dem Fall zu tun haben könne.

Plötzlich durchfuhr den Wadenbeißer eine Idee, siedend heiß, wie der Stich einer glühenden Nadel direkt ins Hirn. Er verband die bisherigen Tatorte mit einem dünnen Faden miteinander, am Kreuzpunkt aller Fäden entdeckte er es...

Eine Trockeneisfabrik! Trockeneis? Das war's. Das könnte die Rückstände am letzten Abschussort erklären.

Genau in diesem Moment erreichte ihn die Nachricht, dass eine weitere Leiche gefunden worden sei, deren Tod erst vor sehr kurzer Zeit eingetreten sein musste.

Der Tatort lag nur ca. 30 Minuten Fahrtzeit von der Fabrik entfernt.

Seine Kollegen erwarteten ihn am Tatort.

Aber der Wadenbeißer folgte seinem untrüglichen Instinkt. Er schnappte sich die Dienstwaffe, überprüfte das Magazin und eilte zu seinem frisierten, zivilen Dienstwagen. In nur 10 Minuten war er an der Trockeneisfabrik.

Der Wadenbeißer stand nur wenige Minuten vor dem Eingangstor, da kam ein scheinbar unverdächtiger Fahrradfahrer auf ihn zu. Ein Mann, ca. 35 Jahre alt, Schnauzer, athletische Figur, Kurzhaarschnitt, sympathisches Lächeln auf den Lippen. Am Fahrrad eine Angelausrüstung und auf dem Rücken vermutlich die Angel. Jedoch ähnelte die Hülle einem Waffenholster für eine Langwaffe...

Bevor der Wadenbeißer den Fahrradfahrer stoppen konnte, verschwand dieser durch das Tor in Richtung Fabrik. Nun zahlte sich das Zehnkampftraining des Wadenbeißers aus. Er spurtete hinterher und sah den Verdächtigen durch den Hintereingang in der Fabrik verschwinden.

Wie eine Raubkatze folgte der Wadenbeißer der Spur des Mannes und verfolgte diesen über eine schwindelerregende Wendeltreppe in die Tiefe eines vermutlich heimlichen Labortraktes unter der Fabrik. Dank der hochprofessionellen Technik des Wadenbeißers bemerkte der Verfolgte nichts, entzog sich aber dennoch den Blicken des Kommissars.

Dieser schlich durch das Labor und traute seinen Augen nicht. Er sah eine Anlage zur Herstellung einer neuartigen, bisher nur in theoretischen Abhandlungen beschriebenen Präzisionswaffe. Ein Scharfschützengewehr, das in der Lage war, Munition aus Trockeneis zu verschießen. Lautlos, präzise, mit Hochgeschwindigkeit und absolut tödlich, rückstandsfrei. Zweifellos hatte er den Täter ausfindig gemacht.

Das MEK anzurufen war keine Option. In diesem Trakt funktionierte die Mobilfunkverbindung nicht. Er war auf sich alleine gestellt, wie schon so oft zuvor. Für weitere Überlegungen blieb keine Zeit mehr, denn der Verdächtige hatte ihn bemerkt und zielte mit seinem Präzisionsgewehr und einem süffisanten Lächeln im Gesicht auf den Wadenbeißer.

Scheinbar resigniert fragte dieser den Täter: „Mann, bevor du mir das Licht auspustet, sage mir, warum das Alles?"

„Was interessiert dich das noch? Du armer Narr! Aber wenn es deinen Tod versüßt, werde ich es dir sagen: „Ich werde all jenen Mitläufern das Leben nehmen, die sich raushalten, die sich kritiklos von denen da oben manipulieren lassen. Ich werde dafür sorgen, dass diese Scheiße nie aufhört, weil keiner, außer mir, den Mut hat sich aufzulehnen. Das aber werde ich jetzt immer wieder tun!"

Die letzten Worte schrie der Mörder fast und seine Waffe war leicht abgesenkt. Diesen Moment nutzte der Wadenbeißer, um blitzschnell seine Dienstwaffe zu ziehen. Dabei aber löste sich ein Schuss, der direkt in die morsche, brüchige Decke über dem Kopf des Mörders einschlug.

Ein erst kleiner und dann immer breiter werdender Riss zog sich durch das Gebälk, knirschend barst die Decke und es ergoss sich eine schwere, mächtige, eiskalte Ladung Trockeneis über den Täter. Dann Stille, kein Laut war mehr zu hören. Völlig im Eis eingefroren, mit toten glänzenden Augen, lag er da, der Mann, dessen Motiv dem Wadenbeißer nicht mehr aus dem Kopf gehen konnte, auch wenn der Fall gelöst war...

Kathleen · Test 123

So krümelig wie Kekse im Bett fühlt sich das hier an. Er verflucht sich selbst. Was hat ihm seine Abenteuerlust bloß wieder eingebrockt? Jetzt sitzt er in Badehose auf einem mit Sand bestreuten Boden und muss so glücklich aussehen wie an einem Ferientag an der Côte d'Azur.

Aber das ist verdammt schwer, wenn man noch nicht mal Geld dafür bekommt. Die Agentur bezeichnet so etwas als Test-Shooting. Sein Blick streift durch das Studio. Vor ihm stehen drei Scheinwerfer, die nicht nur Licht sondern auch Hitze erzeugen. Hinter ihm hängt die Strandtapete von einer Rolle. Zehn Quadratmeter Glückssimulation. Daneben Berge von Kleidungsstücken, ein kaputter Einkaufskorb und Wollmäuse.

Wer testet hier eigentlich wen? Die Beleuchterin den Fotografen, der sich aufführt wie Brad Pitt? Oder testet der Redakteur mit dem viel zu engen, goldfarbenem T-Shirt die Beleuchterin?

Die Stylistin pudert routiniert die Schweißtropfen von seiner Stirn. Auf jeden Fall testet sie ihr neues Parfüm an ihm. Es riecht wie eine Mischung aus Las Vegas und Harem.

Doch er bleibt frostig wie ein Eisblock.

Peter · Böse Überraschung

Sie saß in einer lauen Sommernacht am Strand und spürte den nassen, feuchten Sand, der sich anfühlte wie eine kalte Hundeschnauze. Der Wind strich über ihr Gesicht und streichelte ihre Seele wie die Hand des Vaters die Wange seiner Tochter voller Liebe.

Sie spürte die Geborgenheit der Natur um sich herum

Ihre Hände berührten die Blüten der Rose in ihrer Hand, die sich anfühlte, wie Samt.

Der Mond beleuchtete das Meer und die Brandung umspülte ihre Füße.

Doch dann erstarrte sie und fühlte sich wie versteinert, wie beim Anblick der Medusa.

Was war geschehen?

Sie hatte plötzlich ihre Schwiegermutter gesehen.

Rolf · Rodeo

Seit Max hier wohnte, ging es ihm prächtig. Kuschelig warm und aufregend war sein Leben nun. Was wollte er mehr?

Tagsüber war viel Betrieb, da hielt er sich gern im Hintergrund und schlief. Gelegentlich schreckte er hoch, wenn die Eingangstür besonders laut klappte, in der Umkleidekabine etwas scheppernd zu Boden fiel oder über den PVC-Belag scharrte. Doch das war selten.

An all die anderen Geräusche – das Seufzen, Wimmern, Stöhnen, Hecheln, Schreien, Röcheln und Quieken – hatte er sich längst gewöhnt. Er wurde eher unruhig, wenn sie einmal ausblieben. Und irgendwann war schließlich jeder Tag zu Ende. Wenn das Rattern der Kasse und das Surren der Neonröhren verstummten und der Laden dunkel war, kam er aus seinem Versteck.

Zuerst ging's in den kleinen Imbisskiosk nebenan. Danach, gestärkt und voller Energie, wurde es Zeit für Action. Kein Problem – er lebte ja in einem wahren Abenteuerland! Da gab es diese lederduftenden Schaukelschlaufen, die leise knarzten und quietschten, wenn er in ihnen hin und her trudelte. Mit dem richtigen Schwung klirrten manchmal sogar die Halteketten. Aufregend auch das leise Knistern der zarten Seidentücher, die ihn umfingen und mit sanften Berührungen streichelten. Ebenso cool die Hangelbahn – ein lange Reihe herabbaumelnder knapper Stoffteile, an denen Bungee-Seile hingen. Dort ließ sich wundervoll toben.

Noch lieber aber ging er in die Geräteabteilung, ins große Regal. Da gab es glatte, kühle Metallstifte und diese bunten Stäbe aus Gummi, die leise surrend vibrierten. Die lockerten so herrlich auf, wenn er auf ihnen hockte. Ein tiefes Summen breitete sich dann jedes Mal von den Zehenspitzen bis unter die Haarwurzeln aus. Uuuuaaaaahh, welche Wonne!

Aber nichts, einfach gar nichts, war so gut wie dieses riesige Ding, das er „Rodeo-Stick" getauft hatte. Lang, dick und mit geschmeidigem Gummi überzogen, ruckte und zuckte, rockte und bockte es wild. Auf ihm verbrachte er die meiste Zeit, klammerte sich fest, flog hin und her, auf und nieder und quiekte und schrie dabei vor unbändiger Freude und Lust. Gelegentlich warf es ihn auch ab.

Erst wenn es draußen zu dämmern begann und der Verkehr lauter wurde, schaute er ein letztes Mal in die Runde, auf all die Poster mit knapp bedeckten prallen Rundungen, krabbelte glücklich in sein Mauseloch und schlief bald tief und fest.

Peter · Der Besuch auf dem Kiez

Das hatte er nun davon!

Er erzählte seiner Frau, dass er im Fernsehen eine Dokumentation über den Kiez in Hamburg gesehen habe und dass es dort ja eine Unzahl von Sexshops gäbe.

Und was sagte sie: „Lass uns doch mal so einen Sexshop besuchen gehen."

Gesagt, getan, fuhren sie zur Reeperbahn und betraten den ersten Sexshop, der auf dem Weg lag.

Kaum durch die Tür gekommen, hörten sie lautes Stöhnen wie in Pornofilmen. Und das war es dann auch. Es reihte sich Kabine an Kabine und aus allen hörte man das Stöhnen der Darsteller oder vielleicht auch der Synchronsprecher, dachte er sich so.

Dann brummte es plötzlich hinter ihnen.

Als sie sich umdrehten, konnten sie gerade noch sehen, wie eine Frau den Vibrator wieder ins Regal legte, leicht gerötet, aber mit interessiertem Blick.

Beim Durchstreifen der Gänge hörten sie plötzlich Peitschenhiebe. Und tatsächlich, als sie einen Blick in die untere Etage warfen und dem Geräusch folgten, konnten sie sehen, dass dort eine SM-Show lief. Ein lederbekleideter Mann peitschte eine dürftig bekleidete Frau aus.

Das war nicht nach ihrem Geschmack, sodass sie sich wieder in Richtung Ausgang begaben.

Dabei hörten sie aufgeregte Stimmen und es entbrannte eine heftige Diskussion an der Kasse. Eine sichtlich aufgeregte und verärgerte Frau beschwerte sich über entgangene Freuden, weil der teuer erstandene Vibrator wohl nicht ihre Erwartungen erfüllen konnte.

Der Verkäufer hingegen erwiderte, dass Vibratoren vom Umtausch ausgeschlossen seien, sobald diese die Verpackung verlassen hätten.

Wutentbrannt verließ die Dame den Sexshop und sie konnten noch lange ihre Schritte hören…..

Die Frau machte ihrer Enttäuschung offensichtlich durch ein sehr energisches Auftreten ihrer Highheels Luft! In das Geräusch der lauten Schritte mischte sich ein unüberhörbares Brummen. Sie schauten in Richtung des ungewöhnlichen Tones und siehe da, die Dame hatte das Objekt ihres Ärgers liegen lassen.

Spontan griffen sie sich das Teil, der Verkäufer nickte nur stumm und dann liefen sie dem Highheels-Klacken hinterher.

„Hey, was soll die Rempelei?", riefen entrüstet einige Passanten.
Aber das Paar hatte den Ehrgeiz, diesen Vibrator wieder an den Mann, oh Verzeihung, an die Frau zu bringen. Nun, auf dem Kiez war sicher einiges zu sehen, aber ein Pärchen, das eine Frau mit einem deutlich hörbaren, brummenden Vibrator verfolgte? Das war neu!

Als sie um die Ecke liefen, konnten sie gerade noch erkennen, dass die Frau sich in ein Café begab und an einen soeben frei gewordenen Tisch setzte. Jetzt nicht mehr ganz so auffällig, seine Frau hatte den Vibrator zum Schweigen gebracht, betraten sie ebenfalls das Café. Die Espressomaschine zischte laut, ein Stimmenwirrwar erfüllte den Raum und die Dame saß mit gerötetem Gesicht an ihrem Tisch.

Sie traten hinzu und fragten, ob noch zwei Plätze frei seien. Seine Frau setzte sich direkt neben die Dame, schaute sie mitfühlend an, legte den Vibrator auf den Tisch und sagte in flüsterndem Ton: „So einen habe ich auch, da muss man sich erst einarbeiten, aber dann geht's auch ohne Mann..."

Nach einem ersten verdutzten Blick schauten die Drei sich an und mussten herzhaft lachen. Dabei ging zudem der Vibrator wieder an und nicht nur das Brummen, nein auch das Kaffeegeschirr war laut scheppernd zu hören.

Als die anderen Gäste den vibrierenden Vibrator offen auf dem Tisch liegen sahen und hörten, wie er das Geschirr durchaus melodiös zu klingen brachte, brach das ganze Lokal in schallendes Gelächter aus.

An diesem Tag entstand eine noch immer anhaltende Freundschaft zwischen den Dreien und sie lachen noch heute über diese Situation.

Und: der Vibrator soll wohl auch noch seinen Zweck erfüllt haben.....

Peter · Fluss der Zeit

Oh wie sehr ich diese warme Luftströmung an mir spüre...

Die Luft und das Klima schmeichelt meinen Trieben und ich sende all meine Säfte in jeden Zweig. Kraftvoll nähre ich meine Knospen, die es kaum erwarten können sich zu öffnen und ins Licht zu drehen.

Seit einigen Tagen spüre ich die Veränderung.

Jedoch habe ich einige Zeit gewartet, ob der Schein trügt und der Frost doch noch kommt.
Aber nein, endlich ist es soweit und ich öffne mich dieser herrlichen Frische, dieser Wärme.

Wie sehr genieße ich die Regentropfen, die sich wohlig fließend an meinem Stamm herablassen. Mit einem Seufzen saugen meine Wurzeln alles gierig auf. Ich spüre die Mineralien und alle lebensspendenden Stoffe dieser Erde.

Wohlig recken sich meine Äste und mehr und mehr besuchen mich all meine gefiederten Gäste.

Es wird nicht mehr lange dauern, dann öffne ich meine Knospen und Blüten, zeige mich in meiner herrlichen Pracht und mache dem Leben eine Freude, weil es so unglaublich schön ist, ein Baum zu sein.

Peter · Hüttenzauber

„Frisch gekocht schmeckt immer besser, als dieses künstliche Chemie-Fast-Food-Zeug aus dem Supermarkt, oder?" fragte sie ihn, mit einem Augenaufschlag und einem Blick, der alle Eisberge des Nordpols in Sekundenschnelle hätte schmelzen lassen können.

Was sollte er da schon sagen? „Ja, mein Schatz, dein Essen ist ein Genuss und eine Offenbarung für meine Sinne."

Seine Worte erzielten die gewünschte Wirkung. Sie warf ihm einen sehnsuchtsvollen, verheißenden Blick zu und widmete sich wieder der Zubereitung des Essens.

Er sah ihr wunderschönes, kastanienbraunes, langes Haar auf die Schultern fallen und liebkoste mit seinen Blicken ihren schönen Rücken, die schmale Taille, den wohlgeformten Po, die langen Beine.

Seine Fantasie schlug Purzelbäume.

Das war es, das war pures Leben. Auf einer Hütte, hoch in den Bergen, wohlig warm, von der Natur umgeben. Schneeflocken tanzten vor dem Fenster.

Sein Herz pochte in freudiger Erwartung auf einen voller Leidenschaft, Liebe und Lust erfüllten Abend.

Simon · Sinn, Los!

Simon war eine glückliche Eistüte. Die Welt um ihn herum war knallbunt und voller Süßigkeiten die jeder mochte. Gerade ging er freudig pfeifend über den Schokoladenweg, als ein griffiges Waffeleis an ihm vorbei stolzierte. „Zuckersüß" dachte er sich und ging mit noch besserer Laune Richtung Zuhause, während fliegende Schokobananen im Einklang leise Melodien zwitscherten. Es war ein perfekter Tag.

Plötzlich bekam Simon ein seltsames Gefühl. Was war los? Er schaute an sich herab und musste feststellen, dass er langsam schmolz. Er konnte es nicht fassen und wollte schreien. Aber da war nichts mehr zum Schreien. Die Eistüte war schon fast verschwunden, da bildete sich aus seiner geschmolzenen Masse blitzartig eine neue Form. Simon nahm widerliche Gerüche wahr, sein Farbempfinden war getrübt und das ganze Bewegungsspektrum über Bord geworfen. Wie schrecklich.

Er musste etwas unternehmen und hechelte so schnell wie irgend möglich zu seiner besten Freundin, die in der Nähe wohnte. Nach kurzer Zeit erreichte Simon mit unsicheren, tapsigen Schritten ihr Haus. Er versuchte an der Tür zu klopfen, was nicht wirklich funktionierte, außer mit dem Kopf. Seine Freundin, die prachtvolle Trüffelpraline Paula, öffnete die Tür und erschrak. „Was oder wer bist du denn?" fragte sie erstaunt. „Ich bin es, Simon!" erwiderte er traurig.

„Mein Freund, du bist ein faltiger Mops! Sowas gibt es doch nur in Science-Fiction Filmen!" erwiderte Paula und machte ein besorgtes Gesicht. „Ich weiß auch nicht wie das passiert ist, lass uns schnell zum… Oh nein, ich glaube es geschieht schon wieder!"

Der Mops schrumpfte in sich zusammen. Paula schrie. Schlagartig hatte er eine neue Form angenommen. Ein prächtiges Einhorn! Dessen geschwungenes Horn nun durch Paulas Brust ragte. Simon hatte seine Freundin aufgespießt. Seine Fassungslosigkeit rief Tränen herbei, die in seinen wunderschönen Pferdeaugen glänzten. Es war ganz still. Er schaute sich um und fand keine Möglichkeit seine tote Freundin herabzulassen.

Auf einmal bemerkte er eine neuerliche Veränderung. Nicht nur bei sich selbst, sondern auch bei seiner Umgebung. Seine Gestalt wurde durchsichtig, die Welt schien zu verschwinden. Als wäre er nur noch von Wolken umhüllt. Er schwebte an einen anderen Ort, einer unbekannten Perspektive entgegen. Die Zeit war verschwunden. In kurzen Schüben materialisierte sich etwas vor ihm, was er sah, aber nicht erkannte.

Simon, der nun nicht mehr als ein Gedanke war, umgab ein Raum mit gedimmtem Licht und voller Personen. Sie hörten gerade einer belesenen Frau zu, die etwas über kreatives Schreiben und wechselnde Blickwinkel erzählte. Langsam flog seine geisterhafte Gestalt dem Ende entgegen. Und da war jemand, eine Person, die ihm bekannt vorkam. Die an allem Schuld hatte. Die seine Freundin auf dem Gewissen und seine Welt zerstört hatte. Ein Schreiber. Der Schreiber. Was war der Sinn dahinter? Simons Wut stieg ins Unermessliche. Er fixierte seinen Schöpfer, schoss los und schlug zu. Ihre Geschichte erhielt niemals ein Ende.